DIE WELT DER SEEFAHRT

Der Bug ist welcher Teil des Schiffes?

- Der mittlere
- Der hintere
- Der vordere

Die Welt der Seefahrt

Die meisten Wale haben ein hoch entwickeltes Sozialverhalten und leben in Gruppen mit bis zu 50 Tieren.
Wie bezeichnet man diese?

- Schule
- Herde
- Rudel

DIE WELT DER SEEFAHRT

Erlegte Wale werden auf den Walfangschiffen häufig direkt verarbeitet und für den weiteren Transportweg konserviert. Wie nennt man die Zerlegung eines Wales?

- Abwickeln
- Abspecken
- Abnehmen

Die Welt der Seefahrt

Die tiefste gemessene Stelle im Ozean ist der Marianengraben. Wie tief ist er?

- 11.000 m
- 3.000 m
- 21.000 m

N
W
O
S

Moby Dick · Herman Melville

Wie heißt das Gasthaus, in dem Ismael unterkommt?

- »Zum Walfisch«
- »An der Haifischflosse«
- »Zur Schwertfisch-Schenke«

Moby Dick · Herman Melville

An welchem christlichen Fest sticht das Walfangschiff *Pequod* in See?

- Ostern
- Weihnachten
- Pfingsten

MOBY DICK • HERMAN MELVILLE

Die Männer Ismael und Quiqueg gehören zur Besatzung des Walfangschiffes *Pequod.* Wie haben sie sich kennengelernt?

- Sie gingen gemeinsam zur Seemannsschule.
- Sie teilten sich für kurze Zeit ein Zimmer.
- Sie fuhren beide mit der *Essex* auf Walfang.

Die Welt der Seefahrt

Wie nennt man einen einfachen Matrosen an Bord eines Schiffes?

- Bestmann
- Brasse
- Gast

Die Welt der Seefahrt

Der Pottwal erreicht mit seinen Ruflauten eine Lautstärke von bis zu 230 Dezibel. Welcher Meeresbewohner ist lauter?

- Pistolenkrebs
- Orca
- Seekuh

Moby Dick · Herman Melville

Eine andere für Moby Dick verwendete Bezeichnung lautet Leviathan.
Welche Tiere lassen sich in diesem Seeungeheuer erkennen?

- Seekuh, Kalmar, Schwein und Wal
- Hai, Krake, Widder und Krebs
- Krokodil, Schlange, Drache und Wal

Moby Dick · Herman Melville

Was verspricht Kapitän Ahab demjenigen, der Moby Dick tötet?

- Er darf sich 10 Gallonen Walrat abzapfen.
- Er erhält eine Goldmünze aus Ecuador.
- Er bekommt eine zusätzliche Wochenration Rum.

Moby Dick · Herman Melville

Die ersten Worte des Romans *Moby Dick* lauten:

»Nennt mich Ismael.«

»Das Auge scharf nach dem Weißen Wal, die Lanze scharf für Moby Dick!«

»Es war eine eisige Winternacht.«

DIE WELT DER SEEFAHRT

Die Männer der 1820 gesunkenen *Essex* retteten sich mit kleinen Booten. Was taten sie, als ihnen die Nahrung ausging?

- Sie fingen Fische aus dem Meer.
- Sie ernährten sich von herangespülten Algen.
- Sie aßen die verstorbenen Kameraden.

DIE WELT DER SEEFAHRT

Was ist eine Affenfaust?

- Ein spezieller Knoten
- Ein schnelles Beiboot
- Eine Meerenge

DIE WELT DER SEEFAHRT

Wie nennt man die Schwanzflosse eines Wals?

Fluke

Flanke

Finne

DIE WELT DER SEEFAHRT

Welche Nationen betreiben trotz des internationalen Walfangverbots heutzutage noch Walfang?

- Norwegen, Finnland und Neuseeland
- Japan, Schweden und Hawaii
- Japan, Island und Norwegen

DIE WELT DER SEEFAHRT

Luv bedeutet:

- vom Wind abgewandt.
- quergestellt zum Wind.
- dem Wind zugewandt.

N
W
O
S

Moby Dick • Herman Melville

In dem Roman *Moby Dick* wird ausführlich auf den Körperbau der Wale eingegangen. Wie lautet der Fachbegriff für die Wissenschaft der Wale?

- Paläontologie
- Cetologie
- Ichthyologie

N
W
O
S

MOBY DICK · HERMAN MELVILLE

Nachdem Herman Melville zum zweiten Mal als Hilfsmatrose auf der *Acushnet* angeheuert hatte, desertierte er. Auf welcher Insel im Pazifischen Ozean blieb er zurück?

- Nuku Hiva
- Hawaii
- Tahuata

Moby Dick · Herman Melville

Wie heißt der Erste Steuermann auf dem Walfangschiff *Pequod?*

Stubb

Flask

Starbuck

DIE WELT DER SEEFAHRT

Pottwale nehmen täglich bis zu 1,5 Tonnen Nahrung auf, was fast einem Drittel ihres Körpergewichts entspricht. Was ist dabei ihre Hauptnahrungsquelle?

- Tintenfische
- Plankton
- Seevögel

Die Welt der Seefahrt

Was ist mit der Aufforderung »Bemannt die Toppen!« gemeint?

- Die Matrosen müssen die Segel einholen.
- Die Matrosen müssen sich auf dem Deck versammeln.
- Die Masten eines Segelschiffes müssen von den Matrosen besetzt werden.

MOBY DICK · HERMAN MELVILLE

Der Untergang der *Essex* im Jahr 1820 diente Herman Melville als Vorlage zu seinem Roman *Moby Dick.* Wann hörte er diese Geschichte zum ersten Mal?

- Als er an Bord des Walfängers *Acushnet* arbeitete.
- Als er intensiv für sein geplantes Romanprojekt recherchierte.
- Als sein Lehrer diese Geschichte im Unterricht erzählte.

Moby Dick · Herman Melville

Herman Melvilles Roman über Moby Dick und den Untergang der *Pequod* basiert auf einer wahren Begebenheit. Wie lautet der Name des Wals, der als Vorlage diente?

- Mocha Dick
- Moby Thick
- Ugly Joe

N
W
O
S

Moby Dick · Herman Melville

Als Herman Melville 12 Jahre alt war, ging seine Familie bankrott. Um Geld zu verdienen, nahm er mehrere Jobs an. Unter anderem arbeitete er …

- am Empfang eines Hotels.
- als Hilfsjunge in einer Schänke.
- als Laufbursche in einer Bank.

MOBY DICK · HERMAN MELVILLE

Wie viele Männer gehören zur Besatzung des Walfangschiffs *Pequod?*

- 13 Männer und Kapitän Ahab
- 44 Männer und Kapitän Ahab
- 80 Männer und Kapitän Ahab

N
W
O
S

Die Welt der Seefahrt

Wegen seiner vielfältigen Verwendung war Walrat bis ins 20. Jahrhundert ein wichtiger Rohstoff, der Pottwale zum bevorzugten Objekt der Walfänger machte. Wofür findet es keine Verwendung?

- Als Brennstoff für Öllampen
- Als Speiseöl zum Braten und Backen
- Als Schmiermittel für Feinmechanik

DIE WELT DER SEEFAHRT

Pottwale tragen eine große Menge Walrat, auch Spermazeti genannt, in sich. Aus welchem Körperteil des Pottwals wird dieses gewonnen?

- Aus der äußeren Fettschicht.
- Aus einem Organ im Kopf oberhalb der Mundhöhle.
- Aus der muskulösen Schwanzflosse.

Die Welt der Seefahrt

Gam ist eine in der Seefahrt übliche Bezeichnung. Was ist damit gemeint?

- Die Begegnung zweier (oder mehrerer) Walfangschiffe, bei der gegenseitige Besuche stattfinden.
- Der geheime Austausch zwischen Matrosen per Zeichensprache.
- Das Auswechseln von Crewmitgliedern während einer Walfangreise.

Moby Dick · Herman Melville

Das Walfangschiff *Pequod* ist lange unterwegs und trifft dabei auf verschiedene Schiffe. Welchem ist es nicht begegnet?

- Barbarossa
- Rosenknospe
- Junggesell

Moby Dick · Herman Melville

Von welcher Insel aus sticht Kapitän Ahab in See?

- Nantucket
- Grönland
- Hawaii

MOBY DICK · HERMAN MELVILLE

Wann wurde Herman Melville geboren?

1. August 1819

25. März 1780

21. Oktober 1940

Moby Dick · Herman Melville

Seit Kapitän Ahab das erste Mal
auf Moby Dick getroffen ist, fehlt ihm …

- das linke Bein.
- das rechte Ohr.
- die linke Hand.

DIE WELT DER SEEFAHRT

Welcher Held der griechischen Mythologie gilt als der erste Walfänger?

- Perseus
- Odysseus
- Poseidon

DIE WELT DER SEEFAHRT

Welches Werkzeug gehörte zur Standardausrüstung beim Walfang im 19. Jahrhundert?

- Harpune
- Muskete
- Netz

N
W
O
S

DIE WELT DER SEEFAHRT

Das Bermudadreieck, auch Teufelsdreieck genannt, ist für das Verschwinden von Schiffen sowie Flugzeugen bekannt. In welchem Ozean liegt es?

- Im Pazifik
- Im Atlantik
- Im Indik

Moby Dick · Herman Melville

Nach dem Untergang der *Pequod* kann Ismael sich durch welchen Gegenstand retten, der gerade erst an Bord angefertigt wurde?

- Rettungsring
- Holzsarg
- Bananenkiste

Moby Dick · Herman Melville

Bevor Ismael in See sticht, besucht er einen Gottesdienst. Welche biblische Geschichte wird in der Predigt erwähnt?

- Tobias und der Fisch
- Gott und der Leviathan
- Jona und der Wal

Moby Dick · Herman Melville

Kapitän Ahab fehlt ein Körperteil.
Woraus besteht seine Prothese?

- Aus Fischbein
- Aus Mahagoni-Holz
- Aus Walknochen

MOBY DICK · HERMAN MELVILLE

Der Wal *Moby Dick* ist Namensgeber für Herman Melvilles Roman. Welcher Walart gehört er an?

- Belugawal
- Blauwal
- Pottwal